regarde les feuilles tomber en automne

Grands arbres, petits arbres
Montent, montent, vers le ciel,
Grandes feuilles, petites feuilles
S'étirent au soleil.

Sommaire

Les arbres sont apparus sur la Terre bien avant les dinosaures.

Pommes, bananes, noisettes, mangues, noix de coco, cerises…

Les arbres les plus grands du monde sont les séquoias géants des États-Unis. L'un d'entre eux est si gros que des voitures peuvent passer dans un tunnel découpé dans son tronc !

... tous ces fruits proviennent des arbres.

L'arbre :

Il y a trois types d'arbres dans le monde : les palmiers,

Regarde les feuilles des arbres. Elles ont toutes des tailles et des formes différentes.

On trouve souvent des palmiers près des plages dans les pays chauds.

Les palmiers

Ils poussent dans les régions chaudes. Leurs feuilles, larges et épaisses, les protègent des vents chauds.

Les arbres sont les plus grandes des plantes. La plupart deviennent plus grands que nous.

Jeune

La vie d'un arbre

As-tu déjà vu des glands ? Ce sont les graines du chêne. Tous les arbres donnent des graines : ce sont de **toutes petites** plantes qui attendent de pousser.

La graine

Pour avoir un arbre, il faut d'abord une graine. Les graines du chêne s'appellent des glands.

3 jours

Une graine a besoin d'air, d'eau et de chaleur pour pousser.

3 semaines

Les jeunes feuilles transforment la lumière en nourriture.

5 ans

Maintenant qu'il a grandi, le chêne fabrique ses **glands**. Beaucoup seront mangés par les écureuils, mais certains deviendront des arbres.

je connais !

les conifères et les arbres à feuillage caduc.

Les arbres vivent beaucoup plus longtemps que nous. L'arbre le plus vieux a plus de 4 000 ans. Il se trouve en Californie, aux États-Unis.

Les conifères

Ces arbres ont des feuilles longues et fines, les aiguilles, et des cônes à la place des fruits. Ils restent verts toute l'année.

Les arbres à feuillage caduc

Ces arbres font des fleurs au printemps ; leurs feuilles, grandes et plates, tombent en hiver.

Tous les arbres ont un tronc, des feuilles, des branches et des racines.

Allons voir dedans

Les arbres sont recouverts d'écorce, qui protège l'intérieur de leur tronc **ligneux** – un peu comme le fait notre peau. Chaque arbre a une écorce différente.

60 ans

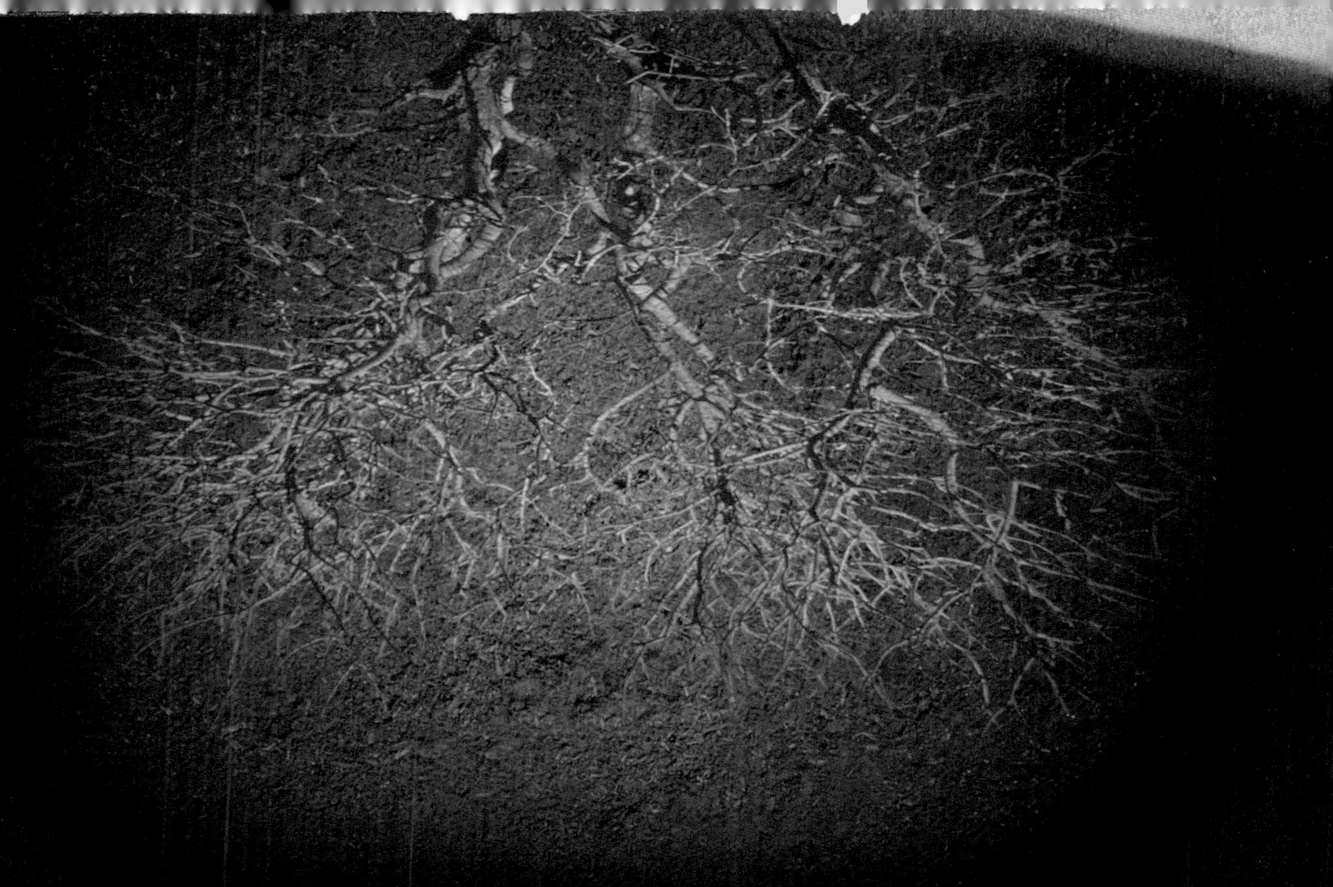

Les arbres ont des racines qui poussent sous la terre, dans l'obscurité et l'humidité. Les racines permettent à l'arbre de tenir debout et boivent l'eau qui est dans le sol.

Vieux
300 ans

Usines alimentaires

Les feuilles de l'arbre fonctionnent comme une usine alimentaire. Elles s'étirent vers le soleil et utilisent la lumière solaire pour fabriquer la nourriture de l'arbre et la transmettre à tout le reste de l'arbre par la sève.

Si tu as mangé des crêpes au sirop d'érable, tu as goûté la sève de l'érable du Canada !

L'arbre et les saisons

Certains arbres changent de couleur en **automne**, avant de perdre leurs feuilles. Ce sont les arbres à feuillage caduc.

Les feuilles se déploient pendant l'été et utilisent la lumière du soleil pour nourrir l'arbre.

nouvelles feuilles

Au printemps des bourgeons apparaissent. Ils deviendront des feuilles.

le bourgeon

À la fin de l'été, les jours raccourcissent. L'arbre « sait » ainsi qu'il doit se préparer pour l'**hiver**.

feuilles mortes

En automne, il y a moins de soleil et les feuilles cessent de fabriquer des aliments.
En se desséchant, elles changent de couleur.

plus de feuilles

En hiver il n'y a plus de feuilles pour fabriquer de la nourriture, mais l'arbre vit toujours et s'apprête à faire de nouveaux bourgeons pour le printemps.

Arbres

Les conifères ont
des feuilles en forme
d'aiguilles fines et dures
que la neige n'abîme pas.

Les sapins ont une forme triangulaire
our que le plus grand nombre de feuilles
ossible voient le soleil bas sur l'horizon.

froid

Si tu voyages dans les régions froides, tu verras des forêts de conifères, arbres à feuillage persistant.

Les conifères ont des cônes qui renferment des graines. Souvent, lorsqu'un cône tombe, il est déjà ouvert et ses graines se sont dispersées.

On trouve des conifères dans les régions chaudes, mais ils prospèrent particulièrement bien dans les régions froides.

Le feuillage persistant signifie que les arbres ne perdent pas leurs feuilles en hiver et restent verts.

Les feuilles des conifères sont des aiguilles.

Arbre de vie

Les humains ne sont pas les seuls à aimer les arbres. Bien d'autres **créatures** les utilisent à leur manière.

Des animaux vivent dans les arbres et mangent leurs feuilles, leurs fruits et leurs graines.

Regarde bien les arbres au printemps : vois-tu les nids d'oiseaux dans les branches ?

Beaucoup d'animaux dévorent les feuilles des arbres. Aussi y a-t-il une repousse sur certains arbres, en été, pour remplacer les feuilles mangées.

Le charançon des glands fait un trou dans un gland et y dépose ses œufs. Lorsque les jeunes charançons éclosent, ils en mangent l'intérieur.

Quelque 300 espèces d'insectes peuvent vivre sur un vieux chêne et y puiser leur nourriture.

Au pays des arbres

Soulève le rabat et trouve les animaux de la forêt tropicale.

Les arbres se développent bien dans les endroits pluvieux. Dans certaines régions où il pleut beaucoup, la forêt est très dense. C'est la forêt tropicale.

Des centaines d'animaux vivent dans les arbres des forêts tropicales.

Une vie sans arbres ?

volet **fenêtre**

Fais le tour de ta maison et essaie d'imaginer une vie sans arbres. Il n'y aurait pas que ton **jardin** qui serait différent.

Les chaises, les cubes, ton coffre à jouets, tes livres : mais si, ils sont faits avec des arbres !

Le bois provient des arbres. Alors, s'il n'y avait pas d'arbres, il n'y aurait pas de meubles en **bois**, pas de portes, et pas de livres non plus – car tout cela est fait avec du bois.

Comment serait ton jardin ou le parc sans les arbres ?

Traduit de l'anglais par
Christiane Prigent

ISBN : 2-07-057629-9
Titre original : *Tree*
Publié par Dorling Kindersley, Londres

Numéro d'édition : 142795
Loi n° 49-956 du 16 juillet 1949
sur les publications destinées à la jeunesse
Dépôt légal : août 2006
Imprimé en Chine

Ne peut être vendu au Canada

Index

Bonsaï